JN192786

未来への伝言

こやま峰子著／藤本将画

未知谷

目次 1

1 あの頃（ころ）

2 新生(しんせい)

3 願望（がんぼう）

未来（みらい）への伝言（でんごん）

1　あの頃（ころ）

あの頃

あの頃　東京といえども木造家屋がほとんどだった
ビルディングは丸の内オフィス街や銀座　百貨店だけ
広い夜空には星がまたたき　光のページェントがみられた
星が見られなくなったのは　いつ頃だったのだろう
ある日
敵機がとんできて　焼夷弾を落とし　町を焼きはらう
人々は防空壕にかくれたり　火のなかを逃げまどう
星も　かいぶつのようなＢ29がこわくて
どこかに　かくれてしまったのかも知れない

おそろしかった夜のことは　わすれない
朝までも　焼夷弾が落ちつづいた日があった
一畳ほどの防空壕という土のなかまで
ヒューヒュードカンという音がせめてくる
いっしょに避難していた猫のミケが
おちつかずに　モゾモゾうごく
おかあさんが防空壕のふたを　すこしあける

おもては暗い夜のはずが炎色にゆらめいていた
暗闇がすきなミケはおびえ　すぐに壕へとびこむ
火の矢は　やすみなく朝までつづける
やがて
けむりのにおいの流れる　つかれた街に
しらじらとした朝がやってきた
防空頭巾をかぶったままの妹が　母親にたずねる

「あのひこうきは　おうちにかえったの？」

「そうね」

「おうちは　どこにあるの」

「海のむこうの　とおいところよ」

白い小箱

となりのお兄さんが出征する日
近所の人たちは　みんな
手に手に日の丸の　はたを
はためかせながら　駅にむかう

かってくるぞと　いさましく
ちかってくにを　でたからは
てがらたてずに　死なりょうか

口々に歌いながら　行進していく

出征兵士が　列車にのると
ちぎれんばかりの　はたの波
いさましい声に　みおくられて
お兄さんの顔は　紅潮していた

半年ほど　たったのでしょうか
となりの　おばさんが　うつむいて
白い小箱を肩からかけてあるいてきた
箱の中には　お兄さんの変わりはてた姿の
骨のかわりに　石がはいっているのだという子がいた
おにごっこをしていたこどもたちは　わかっている
出征のとき　かんこの声に　みおくられていったのに
さみしい　おかえりなさいだった
このようなことは　あちこちであった

その夜　出征兵士の母は
夜空のさそり座の尾の毒針にさされて
死にたいとおもう
そうすれば　息子に天国で会えるから

夜空で
流れ星が
わななきながら　きえていく

千人針

めったに
大声をだしたことのない母が
駅前で婦人会の人たちと必死に叫んでいる
「おねがいしま～す」と
千人の女性に　赤い糸で
ぬい玉を作ってもらうために
白い細長い布をもち　広場にたっていた
虎は千里行って千里　還るという
いいつたえに　あやかり

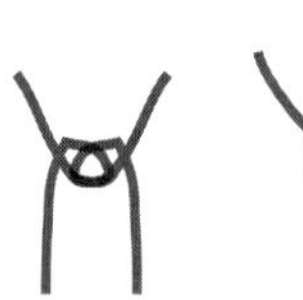

出征兵士の　安全を祈り
千人針に参加してもらう
はじめの頃は寅歳の人に頼んでいた
次第に　だれにでも　おねがいをした
一番星が　またたくまで叫ぶ
「おねがいします」と

無言の夕ごはんがおわり　しずかなへやで
幼い妹が　赤い糸でぬいつけられた
布をからだにまきつけ　くるくるまわる

「ただいま元気で　もどってきました」と
あどけないしぐさに　おもい空気がなごむ

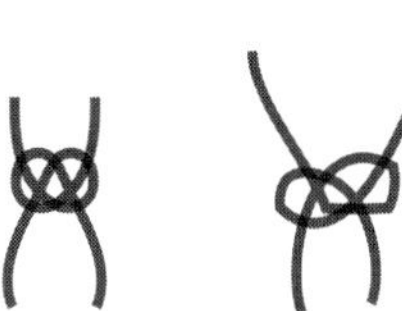

かそけき音

あの頃
かそけき音なんてなかった
みんな　大声で　叫んでいた
「敵機襲来」「敵機来襲」「敵機襲来」
米国の飛行機Ｂ29の爆音が　空をおおうと
人々は　防空壕に　とびこむ

夜　警戒警報のサイレンがなれば
敵機に　みつからないよう
爆撃されないよう

電気スタンドの灯りを
ただちにけす

すばやく
防空壕に　とびこめるように
ねまきには　きがえず
もんぺ姿で　いつもねていた
焼夷弾がおとされても
すぐに逃げられるように防空頭巾を
まくらもとにおいて眠る

愛国の母

おかあさんが　おとうさんに
隣組の訓練にでてほしいと　たのんでいた
おとうさんは　空から　きれめなく
落される爆弾の火を　けせはしないと
今までいちども　参加したことはない

愛国の母は　不愉快きわまりない心を顔に表し
わたしたち姉妹にむかい　怒りをぶつけていた
「きょうは　おとうさんは家にいないことにしましょう
あなたたちも　決して外にはでないように」

むかいの朝子ちゃん一家が　いなかに疎開した日
塀がとりこわされ　わら人形が三体　おかれた
隣組の人たちが　竹やりをもって代わるがわりに突進していく
あのわら人形は　鬼畜米英の人なのだという
自宅の板塀の節穴から　母親をながめる
日本手ぬぐいで髪をおおい　竹やりをにぎり
めがけていく姿は　絵本でみたことのある鬼のようだった

鬼は怒っていたようだった
国に？
戦争に？

何で戦争になるのだろう？
子どもにはわからない

鬼は隣組の愛国婦人会の人たちに
非国民といわれないように
一生懸命だったのかもしれない
心を鬼にして？　家族の平和のため
頑張ったのかもしれない

くる日も　くる日も
空から　爆音が　とどろく
耳のおくの　こまくめがけて
くる日も　くる日も　やってくる
きんぞくせいの　するどい矢は
くる日も　くる日も
やまずに　ふってきた
赤ちゃんから　おとしより　病人まで
すべての人に　音の矢じりは　やってきた

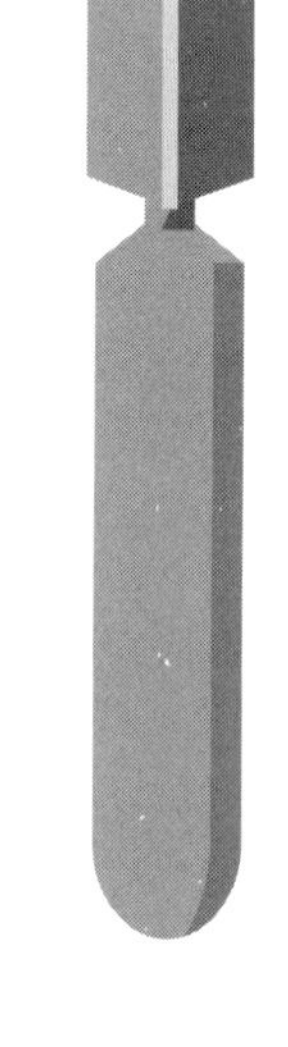

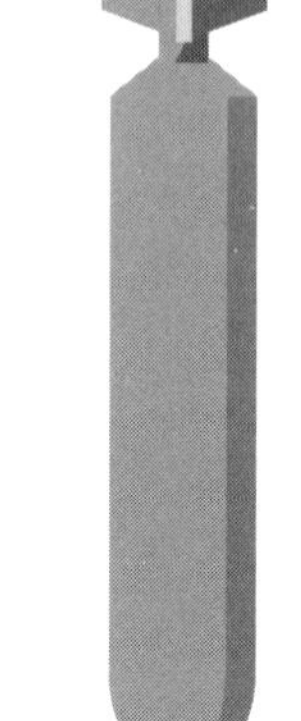

幼子は小さな　たなごころで耳をおおう
それでも　指のすきまから
しつっこく　どこまでも　どこまでも

振動でガラスが　われないように
すべてのいえのガラス戸に
美しく　紙をはった

にわのかだんをこわして
サツマイモを　うえているおばさんは
おじさんがいなくなった部屋の窓ガラスに
花もようの紙を　いちめんにちりばめた
あれから　おばさんは防空壕にはいらない
花びらの部屋の　おじさんの仏壇のまえで
ひたすら　祈るのだと

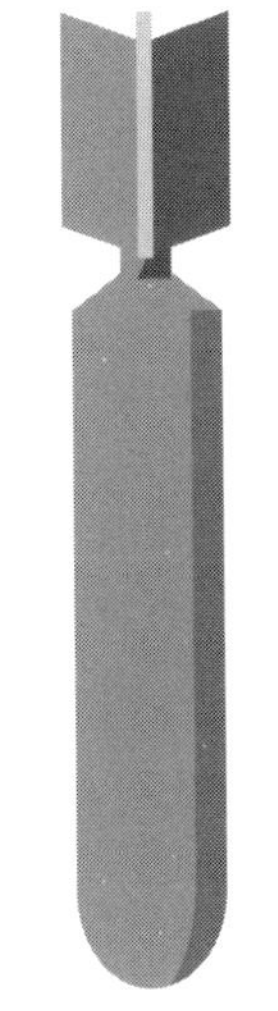

そっと　母に告げた

教室

永い永い爆撃の夜があけ　教室に向かう
いつも元気いっぱいの太郎が　いない
国民学校二年生の太郎の声が　きこえない
どうしたのだろう
先生も　なかなか　あらわれない
どうしたのだろう
びっくり箱から　太郎の笑顔が
とびだしてくることを　きたいする
目で　さがし　耳で　さがしつづける二年生
先生が足音もさせず　しずしずあらわれた

にぎりしめられた手のなかで
いやいやと　首をふっている水仙
白い花が　太朗の机のうえで　眠りにつく
なにが起こったのか　生徒は理解した

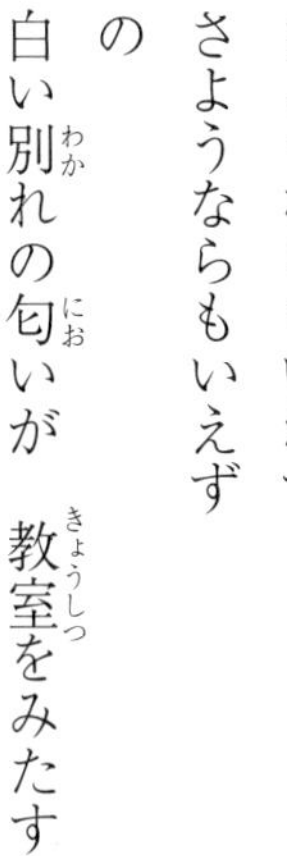

さようならもいわず
さようならもいえず
の
白い別れの匂いが　教室をみたす

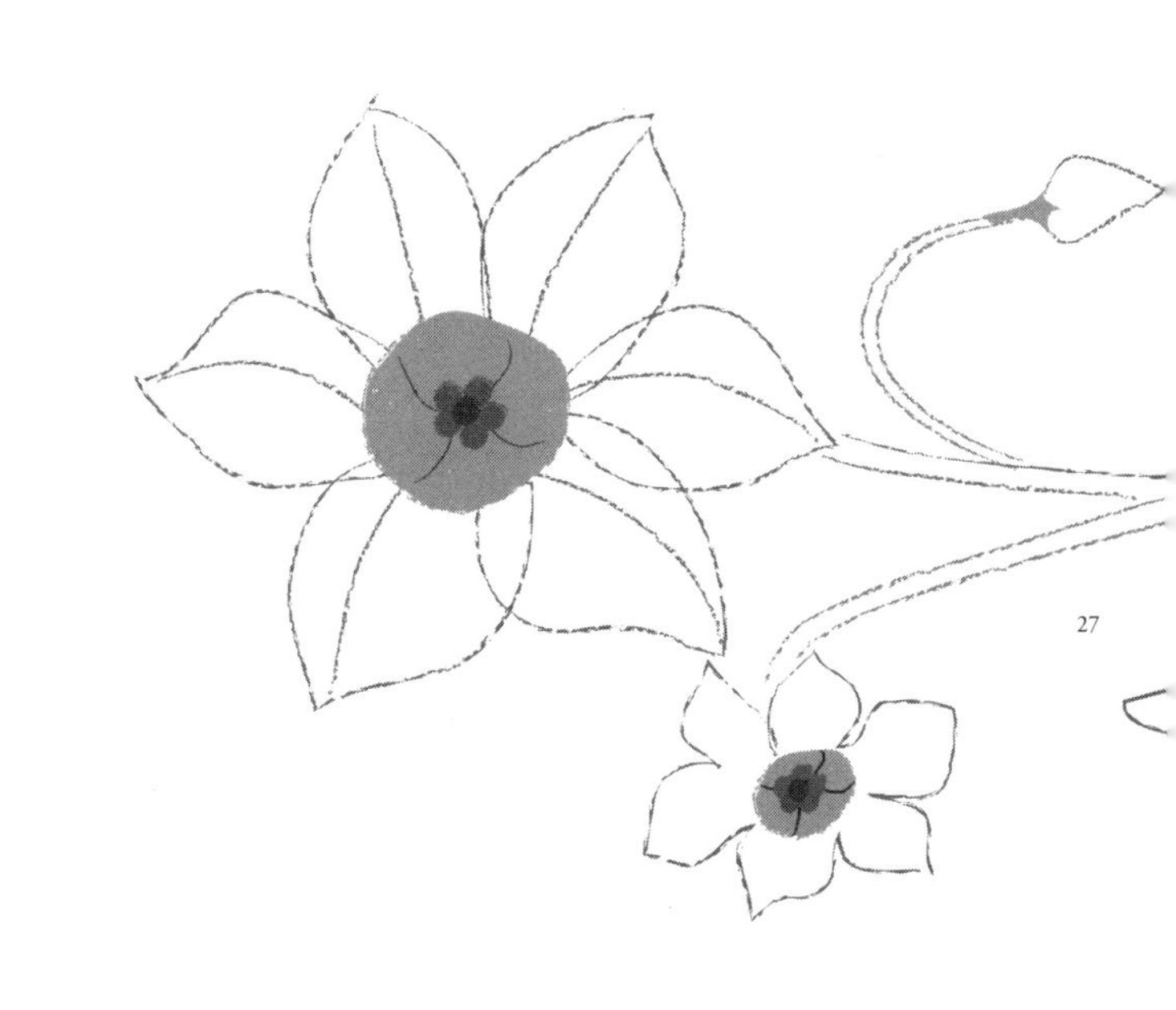

道端の草に

かぼそさと
はかなさに
おもわず
たちどまり
天をあおぎ
手をあわす

縁故疎開

太郎くん一家が焼夷弾の直撃にあい
人々はいなかへ　いなかへと疎開していく
隣組は　留守の家ばかりになる
かえでの葉が　かわいた音をならす

ある日
一度も訪れたことのない
山間のしんせきに　あずけられた
妹は　まだ小さいから
つれてかえるようにいわれた

母は
ふりかえらず　坂道をくだっていく
「おかあさ〜ん」と　追いすがり
しがみつき泣き叫びたいけれど
大地をふみしめ　だまってみおくる私

勝つまでは　がまんしなくてはいけない
泣いてはいけないと

兵たいさんは戦地で　がんばっているのだから
勝つまでは　がまんしなくてはいけない
国のオコトバを子どもは守らなくてはならない
「空襲のバカ　おかあさんのバカ　バカ
　戦争のバカ　バカ　バカ」

心のなかで　叫ぶ
「戦争のバカ　バカ　バカ」
小石をけって
今日から　おかいこさんとくらす部屋に
かけこみ　天井をにらむ

たえしのぶ

ほんの一歩(いっぽ)
ふみだせば
こらえきれなくなるでしょう
涙(なみだ)が　あふれてしまうでしょう

いじめ

麦畑の　広がる村で
いつも　一人ぼっち
東京のヤツといわれ
名前で呼ばれることはなかった
ある日
机のなかに　とかげがいた
悲鳴をあげたとき
村の生徒は　手を叩いて喜ぶ
三日後

机のなかに　へびがいた
心臓は爆発寸前だったが
平気な顔をよそおう
こんなこと
いつもされたらたまらない！
もうイヤ！
戦争が終われば　すぐに
東京に　かえろう！
東京のヤツなのだから

いつも一人で　本をよむ
いつも一人で　日記をつづる
想像の世界なら　一人で遊べる
大空で　ミケと　かけっこ
太郎と麦ふみ

メルヘン

助けてください！
助けてください！
神様に　おねがいしたけれど
どこからも
応答なし
戦争中だからでしょうか
神様も山奥へ疎開したのでしょうか

勝つまでは　がまん　がまん

童話の中では
白馬にのった王子さまが
あらわれるのに

モグラさん

運動靴をはいて学校にいくと　ひやかされた
おばあさんに話すと　わらじをつくってくれたが
足のうらがチクチクして　一日中　おちつかない
足のうらを　おばあさんに見せると
古布をまきこみ新しいわらじを作ってくれた
疎開ぐらしの日々　おばあさんは大切な人
山菜とり　麦ふみ　茶つみ　モグラ退治
いつも　いっしょだった

太陽がのぼるまえ　いなかの家族と落花生畑にいく

落花生の苗(なえ)を引きぬくと根(ね)に
いっぱい殻(から)つきの落花生がついてきた
落花生が根についていることを知(し)らなかった
みかんのように木になるものとおもっていた
苗を引きぬくとモグラがついてくることがある
生まれてはじめてモグラにであったわたしは
おもわず　おはようと　ほほえむ
そこをすかさず　おじさんが光(ひかり)をあてた
モグラが　目にいっぱいのなみだをため
「タスケテクダサイ」と　私(わたし)をみあげる
「おかあさんと別(わか)れて　くらすの　つらいわよね」
おじさんは光をモグラにあてながら
ネズミとりのようなかごにいれた
「こいつらが落花生を　くいつくすんだ」と

発車

いねむりしている間に
すっかりかわってしまう
車窓の　景色のように
悲しみがすぎてほしい

いつまでも戦争という
車窓の　景色のまま
発車しない列車
ある日　玉音放送

戦争が　終わったらしい
絶対　勝つと教えられ
そう信じていたけれど
原子爆弾を　広島　長崎に落とされ
苦い敗戦　苦い降服　けれど行く先は
きっと　きっと　幸福駅のはず
どこかに　きっと　あるはずの
幸福という名の終着駅

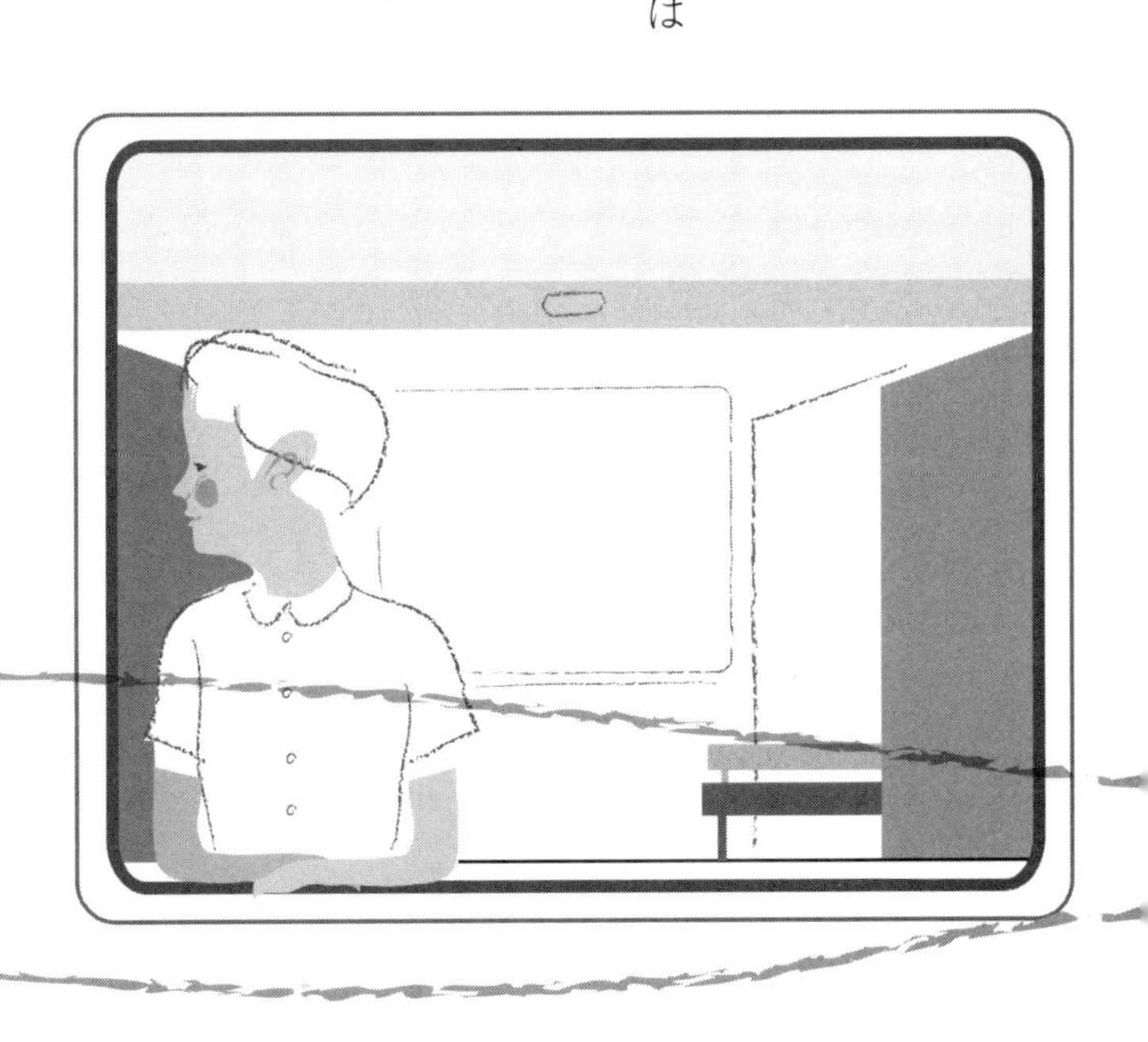

大変化

東京は
みわたすかぎりの焼野原
昔
くらしていた家は　煙のかなた
のこったものは防火用水だけ

太郎と　あそんだ神社は
シーンとして　だれもいない
鳥居も　なくなっていた
こま犬が　むかえてくれた

あ　うん　の　表情で
太郎たちが　かくれんぼして
上手にかくれているとしかおもえない
「こうさん　こうさん」と　さけべば
にっこり笑って　飛び出してきそうな
そんな気がする　昼下がり

あした

しあわせは
はもんのように
ひろがらず
コクリコの　つぼみのように
うつむきかげんの　きのうまで
けれど
あしたは
みんなで
とびらを　ひらこう

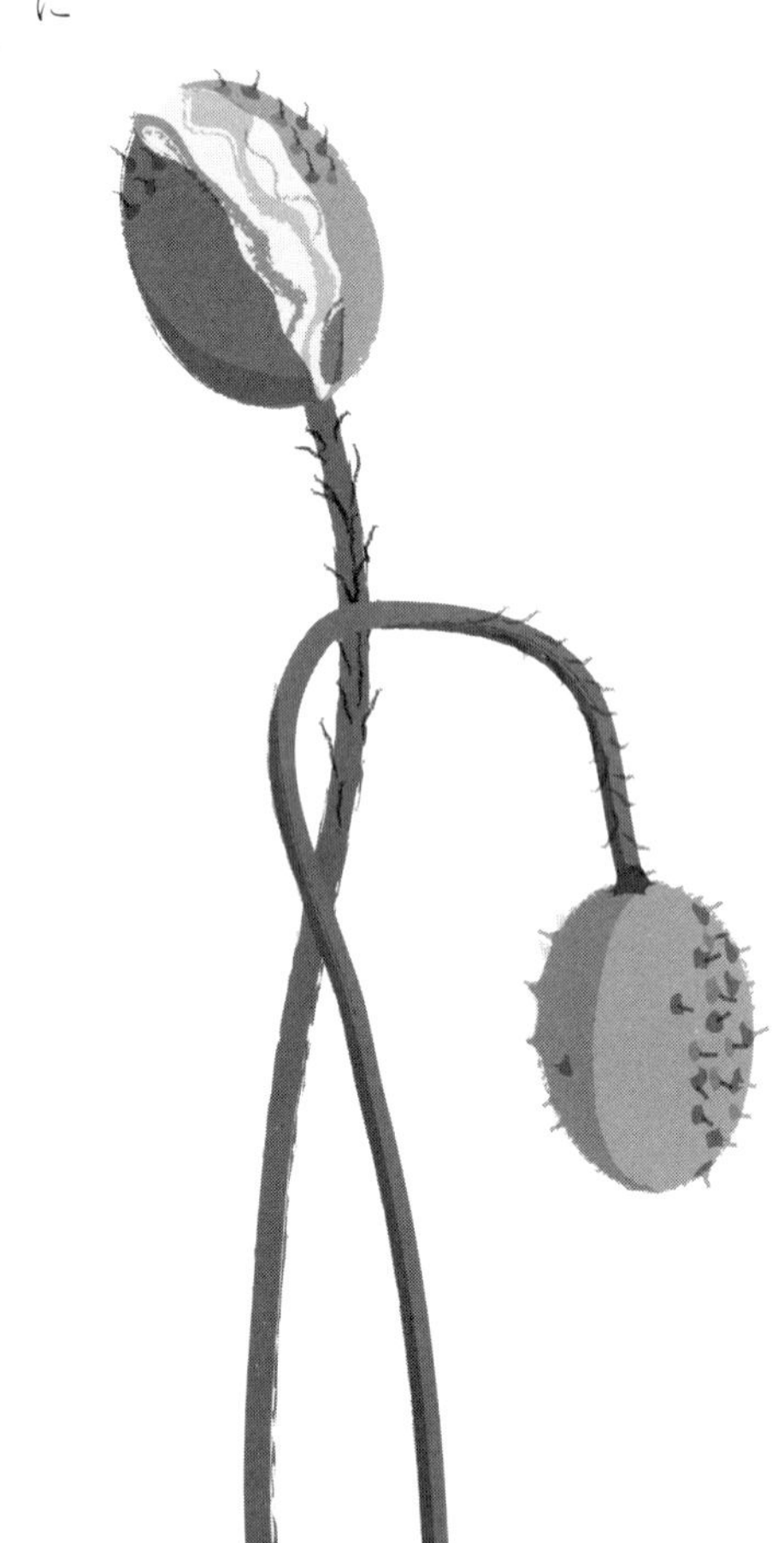

2

新生（しんせい）

新生

江戸川べりの　叔母の家で　間借生活をはじめる
庭に　トウモロコシ　かぼちゃ　サツマイモをうえ
食糧難の時代の　空腹をしのぐ

学校は　東京大空襲で　生きのこった子どもたちが
焼け残った町に　あつまってきたようだった
焼け残った　わずかの教室にあつまり　ぎゅうぎゅう詰め
一週間ごとに午前組み　午後組にかわる二部授業だった
藤棚の青空授業は　のびのび楽しい
ある日　毛むしが授業参観にやってきた

かがやく糸で空中ブランコの毛むしを
大歓迎でむかえる生徒　悲鳴でむかえる生徒
先生の話なんて聞く生徒は　一人もいない

空腹は給食の脱脂粉乳でみたす
夢は　お腹いっぱいおいしいものを食べること

戦争が終わったので
鬼畜米英はお友だちの国にかわる
日本は民主主義国にかわるのだと先生
民主主義って　なーに？
生徒は教科書を指示されたとおり墨でぬる
とあるページは　ほとんどまっ黒けのけ
逆転した世の中で元気にすごす子どもたち
希望という名の靴で復興の坂路をかけすすむ大人

つかってはいけなかった敵性語がラジオからながれた
アウトはダメといっていた
なにを信じていいのかわからない子どもたちだが
なんとなく自由になった　明るくなった
背中に未来を　背負って歩いていこうと決めた

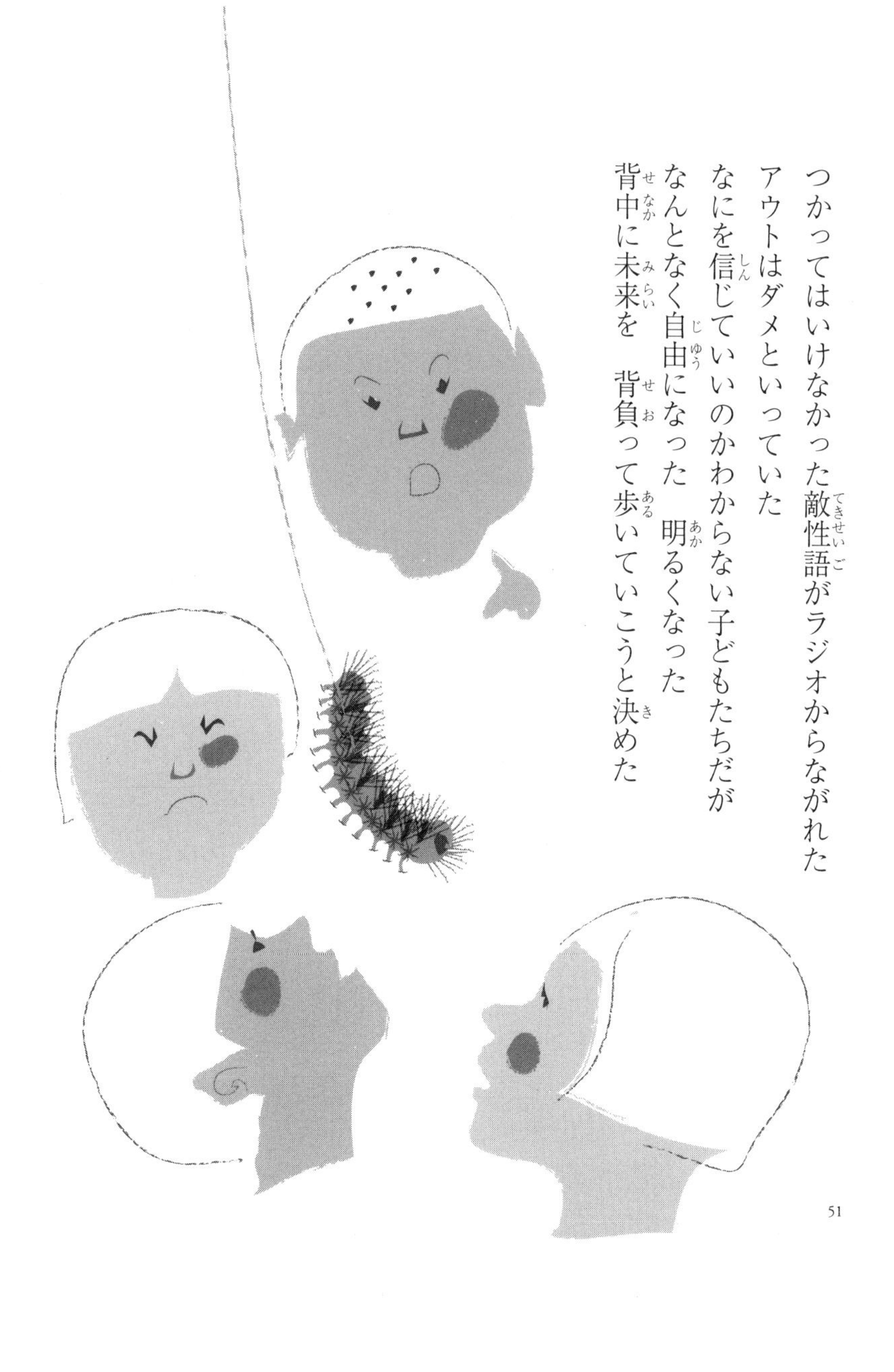

復興

夫をなくした叔母は
三人の子どものため
区役所に　はたらきにでる
母は　甥と姪
わたしたち姉妹の　面倒をみた
面倒をみたというより留守番にちかかった
食糧難だったので　夕食は　ささやか
庭でそだてたトウモロコシやサツマイモ
カボチャを　ふかすだけ
子どもたちがとってきたイナゴを

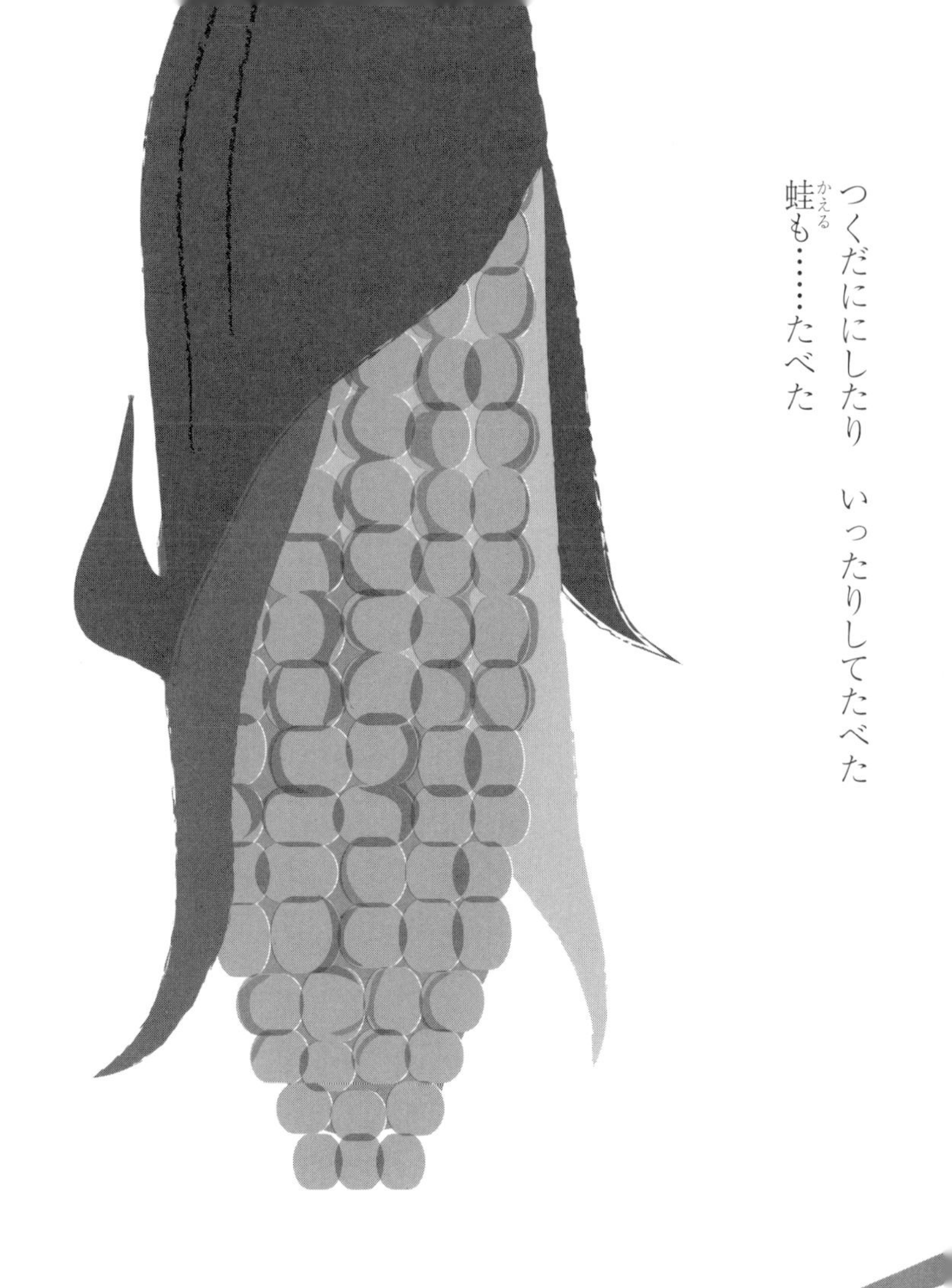

つくだににしたり　いったりしてたべた
蛙（かえる）も……たべた

人影

いとこは新しい話を　手に入れてくるのが早い
あの頃　紙芝居屋さんの「黄金バット」が
子どもたちの人気を　あつめていた
けれど　みるには水あめを買わなければならない
ある日
いとこは　水あめを買わなくても　みられるところを探してきた
マルクスやスターリンという分厚い本が　たくさんある家で
おばさんが民話のような紙芝居をよんでくれた
帰りには　おみやげまであった
小さなポンポンせんべいを　もらったことがある

親（おや）は「これからは　いかないように」と　しぶい顔（かお）だったが

ある日
いとこが話（はな）す
「となり駅（えき）の鉄道橋（てつどうばし）のコンクリートに人影（ひとかげ）が　うつっている」と
いってみると　油（あぶら）でにじんだ人の姿（すがた）らしき影（かげ）が　のこっていた
人影は月夜（つきよ）には　コンクリートからぬけだし
わが子を　さがしてあるくので　いなくなるという
「どうして　毎晩（まいばん）じゃなくて　月夜だけなの？」と　聞（き）けば
「ゆうれいは懐中電灯（かいちゅうでんとう）をもっていないんだよ　あれは高（たか）いからね
ああいうものをもっているのは　戦争（せんそう）に勝（か）ったアメ公（こう）だけだよ」
「アメリカのゆうれいは　懐中電灯をもっているの？」
「たぶんな」
「日本（にっぽん）のゆうれいは　月明（つきあ）かりで　こどもをさがすわ　きっと」

いのちの　せせらぎ

小川の水が
きらきら　流れはじめる
たゆたう平和　流れはじめる
とまどう自由　ただよいながら
過去のざんげを　あらい清め
明日へと　あゆみはじめる

兵舎

川向こうは千葉県
東京のはずれに
兵舎があった
敗戦の翌日に
兵舎から　兵士が
全員きえた

みな　故郷に帰ったのだろう
きっと　おかあさんのもとに

しばらくすると
もぬけの兵舎が　引揚者でいっぱいになる
いのちからがら　祖国にたどりついた人々
安堵の 表情が　川面に映る

サーチライトの　かけら

兵舎のまわりの探照灯が沢山　こわされていた
直径2メートルほどの反射鏡で敵機を照射していた
その残骸のガラスを　子どもたちはひろい
手を切らないように角をコンクリートでこすり
七色の虹を　はぐくむプリズムに　しあげる
戦争に敗れた国の子がつくる　たからもの
日向において希望の光を　集めようとして
日暮れになるまで　みがきつづけた

路地

放課後　校庭は中学生の遊び場
小学生は　家の近くの路地ですごす

四、五人の子どもが
ブリキのバケツに　ぶあつい帆布をかぶせ
ベーゴマを　ほうりこむ
コマはぶつかりあい　うなりながら廻る
喚声がゴムマリのようにはずむ

地面に　すわりこんで　めんこをする子

腕力の風圧で　ひっくりかえそうと
全身全霊をこめていどむ　めんこゲーム
無心で　挑戦する顔は　勝負師の面

どのゲームにも参加せず　竹馬に乗り
ブリキバケツの勝負をのぞいたり
めんこの土俵を　のぞいたり
ノンポリの　のんきな見物者もいる

路地裏通りは　あそぶ子どもの花ざかり
限りなく元気にすごす子どもの花ざかり
黄昏のキャンヴァスのもと　雀も一緒にさえずる
「明日　天気になあ～れ」

満員電車

電車通学で　はじまった中学時代
その頃の総武線はいつも　すし詰めの満員電車
友だちと約束し　一番車両の二番扉に乗るが
友だちの近くには　なかなかいけない
それでも　乗客と乗客の隙間から
仲良しの顔がみえれば　一安心
うかうかすると　秋葉原で怒濤の流れに
押し流され　降りざるを得ない日もある
急いで　乗ろうとしたとき扉がしまり
やや　軽くなったであろう電車は発車

次の電車に乗り　改札口で　やっと　友にあい
大笑いしながら学校に　むかう

チョコレート

お菓子のお土産をいただく
見た目は茶色で口に入れるものとしては
粘土のよう
ゼリー・ビーンズのように
美味しそうな色合いではない
けれど口に入れると甘さがひろがり
はじめて味わう刺激的な味だった
アメリカのお菓子だという話
アメリカの子どもの好物だと
戦争中でもアメリカの子どもは

チョコレートを食べていたと聞く
戦争中　日本の子どもは貧しく
芋ようかんが贅沢なお菓子だった

子どもに美味しいものを
届けられる　平和な世界を
夢見た　はじまりだった

渚(なぎさ)

少女(しょうじょ)は聞(き)く
体(からだ)の底(そこ)から
つきあげてくる
とどろき

ひろおうとした桜貝(さくらがい)
波(なみ)にながされ逃(に)げていく
少女は知(し)る
海(うみ)の広(ひろ)がりと
海のむこうのドラマを

メーデー

広場に花のポールをたて豊作を祝うのが習わし
パリで開かれた大会から労働者の祭典になる
1952年　皇居前広場の使用を禁止され
血のメーデー事件が　おこった
終礼のとき　まっすぐ家に帰るように
と　先生の言葉
好奇心の蕾が　めざめる
足は　皇居前広場にむかう

車が燃えていた

やっと戦争がおわり
平和になったのに……

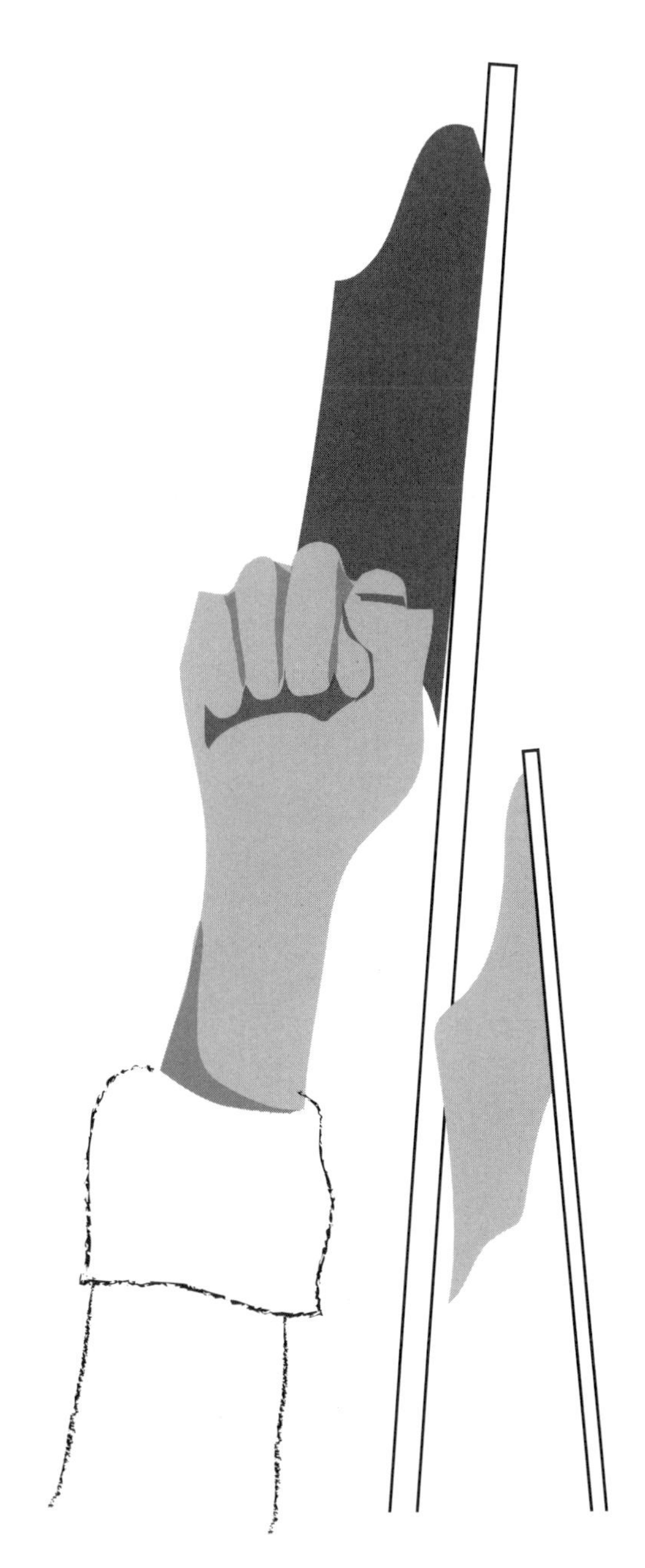

蒼い芽

ちいさな疑問が　はじまる
汚れなき疑問が　ひろがる
炎は現実
握りこぶしに
秘めている蒼い芽

1959年7月25日

みんなの幸せをねがい　革命をおこし
子どもたちすべてを学校に通えるようにした人
死線をこえ　澄んだ瞳のチェ・ゲバラが
農業使節団として砂糖の交渉で日本を訪れた
政府関係者もマスコミも注目する人はいなかったが
三人の使節は　スケジュールをこなしていく
1959年7月25日　原爆慰霊碑に花束をささげ
死者の霊に　こうべを深くさげ　しめやかに弔う
一時間かけて資料館を見学し　原爆病院を見舞う
それまで無口だったチェは日本人に英語で話しかけた

「これほど残虐な目にあわされて腹がたたないのか」と
原爆のすざまじさに　同情と怒りをあらわした元医師の革命家

3

願望（がんぼう）

はじめてのデモ行進

日米安全保障条約改定の反対闘争が
１９６０年　全国的に展開
国会のまわりには毎日　数万人がデモ行進
はじめての参加だったので
１０人ほどの隊列の真中にいれられた
日本の行く末に不安をつのらせながら
竹竿にしがみつき　みえない足を前に前に

翌朝の新聞
デモに参加の女子大生樺 美智子さんが

警官隊との衝突で亡くなったと　報じられた
あの場にいながら　なにもわからず帰宅した

後日
安全保障条約は批准された
体制への行動の無力さが若い体をおそう
あの日
ひたむきに　夢みた世界の先はみえない

ビートルズが日本に

日本の若者が世界に目をむけはじめたころ
イギリスの若者たちが　１９６６年
羽田の飛行場にハッピを着ておりてきた
今までになかったような音楽に陶酔
ニュウ・ウエイヴの音に常識が　くつがえる
ドイツ軍の空襲をうけたリヴァプールの
傷みと怒りに共鳴したのかも知れない

ポールが十四歳の時　母親が乳ガンで死亡
ジョンが十七歳の時　母親が交通事故死

彼らの別れの悲しみはサウンドにひそむ
彼らは人生を　よりよくするため
音楽を創造した　想像の翼を広げ
夢のイメージを高めようとした
明日は　きっと　よくなると信じる心が
聴く者のハートを　あつくつかむ

沖縄の心

南の島沖縄が1972年5月15日に返還
紺碧の海は　いいつくせぬ悲しみを今も漂わせ
痛みを波がしらにのせ日差しを反抗的に照り返す
おびただしい数の戦死者の名を刻みこまれた碑が
摩文仁の丘に建ち　並び　潮風に吹かれている

若者が　どやどや　やってきて楽しげに笑っている
ここはリゾート地ではない！
週末を砂浜で　たわむれるところではない

鎮魂（ちんこん）の心（こころ）を　捧（ささ）げるところ
悔恨（かいこん）のこうべを　ふかくささげたい

アジアゾウ

ポルポト政権下　カンボジアで森がきえた

ゾウたちは　たべものを探し
気づけば　人々がくらす村にいる
村びとは　おどろき　おいはらう
激減した大きな動物が　安心して
暮らせるように　腹心の友だちと
未来の森を育てに　カンボジアに向う
平和の森を広げるため
ラワンの苗木を　植樹する

ボスニア・ヘルツェゴビナへ

内戦がおこり　3年後　和平がきたけれど
内戦中にまかれた１００万個の地雷に
罪もない子どもたちが一生　苦しむ

子どもたちは　かんがえる
春風になれたら　大地を歩まず生きていける
地雷をふまずに　生きていけるでしょう
カモメや　ツバメになれたら
トンボや　チョウチョになれたら
地雷をふまずに　生きていけるでしょう

子どもたちの　ねがいをうけとめ
ボスニア・ヘルツェゴビナに平和が
根づくように　さくらが植樹された

祈りの石

被爆した広島電鉄の敷石が　市民の手で
平和のメッセージを刻みこまれ　おくり届けられる
世界に平和の輪が広がってほしいとねがい
受け止めて下さった国が１００ヵ国以上になる
アイスランド　アイルランド　イギリス　イタリア
インド　ウクライナ　エジプト　オーストリア　キューバ
ギリシャ　コスタリカ　スペイン　デンマーク　ドイツ
ノルウェー　バチカン　ハンガリー
フィンランド　ブラジル　ベトナム　ベルギー　ポーランド　モンゴル等など

雪解けの道

ソ連のミハイル・ゴルバチョフとアメリカのロナルド・レーガンが
1986年10月11日レイキャビックのホフジーハウスで会談をもつ
永遠に核兵器をなくすための議論は史上はじめてのこと
両首脳は平和的な成果を　ねがっていた
最終的な話し合いに向けて熱い努力をつづけたことは
アイスランドの大地とオーロラがうまれる空がしっている
合意は　むずかしかったが互いの熱い心は手記にものこっている

試練

波に撃たれ
汐に揉まれ
宝を育む真珠貝
歳月の果てに
丸くなり
かがやきを
深めていく

櫻色の丘

アイスランドのチェルトニン湖畔に
広島の原爆の石碑が　たたずむ
毎年　原爆投下された日に
鎮魂のために　灯籠流しがおこなわれる
平和の祈りをこめ20年つづいている催しに
レイキャビックの1万人以上の市民がつどう
感謝のしるしに　日本の同志が桜を植樹した
今　花の季節に湖畔は桜色に　にじむ

旅路(たびじ)

哀(かな)しみの石(いし)ころ路(みち)
一歩(いっぽ)づつ　あゆむ
哀しみの言葉(ことば)
胸(むね)にとどめて

ひたむきに
明日(あす)を生(い)きる人に
子どもたちの幸(しあわ)せを望(のぞ)む人に
おおいなる愛(あい)の言葉(ことば)を
とどけたくて　あゆむ

願望

なにがあっても
まどわされず
誇りたかく
りりしく
一途に
い
き
て
い
き

すでのもいた

試練(しれん)

時(とき)のながれのひとこまは
過酷(かこく)なことがおおい
つらいけれど
試練とうけとめ
あきらめず
明日(あす)へ
明日(あした)へ
おおいなる天(てん)の恵(めぐ)みに
まもられながら
あゆみつづけたい

七十年前、9歳だった少女は戦争という時代におかれてしまいます。
なぜ？　どうして？　の疑問符ばかりのなにもわからない少女が
体験したことをおぼろげな記憶の宇宙で綴りました。
まだまだ生きていたかった多くの少年少女が命をとじていきました。
彼らの気持ちを代弁するのが生かされた者の勤めとおもいます。
歳月とともに破壊のみの戦争への憎しみがうすれていくのが何より怖い。
現在、とても危うい時のようにおもわれます。
次代を背負う子どもたちに平和な時代を手渡したいと切望しています。

こやま峰子

こやまみねこ

詩集『ぴかぴかコンパス』（大日本図書）、『にじいろのしまうま』『夢につばさを』『名作へのパスポート』（以上、金の星社）、詩集「しっぽのクレヨン」「かぜのアパート」「ことばのたしざん」シリーズ（以上、朔北社）、詩画集『地雷のあしあと』（小学館）、『ひつじみち』（佼正出版社）、『希望の義足』（ＮＨＫ出版）、『いのちのいろえんぴつ』（教育画劇）、詩集『こもりうたのさんぽみち』『ツルのとぶ大地で』（以上、女子パウロ会）、「心に残る愛唱歌」「10代をよりよく生きる読書案内」シリーズ国内編・海外編・詩歌編（以上、東京書籍）、詩画集『たからものがいっぱい』、絵本『いのりの石』（以上、フレーベル館）など著書多数。第28回日本童謡賞特別賞、第26回巖谷小波文芸賞、第28回児童文芸家協会賞、第46回児童文化功労賞等受賞。

ふじもとすすむ

画家、イラストレーター、デザイナー。作品に『ゾウさんウサギさん』（文・よねざわみどり、Aiken Drum）、『郵便屋さんの話』（カレル・チャペック作、フェリシモ出版）、『アンジェラのおねがい』（文・こやま峰子、教育画劇）がある。Aiken Drum を主宰し、手作りの温かさ、懐かしくてほっとする気持ちをこめて、洋服や雑貨、小物をプロデュースしている。

未来(みらい)への伝言(でんごん)

2016年8月 1 日印刷
2016年8月15日発行

著者　こやま峰子
画　藤本将
発行者　飯島徹
発行所　未知谷
東京都千代田区猿楽町2丁目5-9　〒101-0064
Tel. 03-5281-3751 / Fax. 03-5281-3752
［振替］　00130-4-653627
組版　柏木薫
印刷所　ディグ
製本所　難波製本

Publisher Michitani Co. Ltd., Tokyo
Printed in Japan
ISBN978-4-89642-503-1　C0092